Those Itsy-Bitsy Teeny-Tiny Not-So-Nice Head Lice

Esos Pequeñines Chiquitines Para Nada Simpáticos Piojos

Written by/Escrito por
Judith Anne Rice

Illustrated by/Ilustraciones de
Julie Ann Stricklin

Photographs by/Fotos de
Petronella J. Ytsma

Redleaf Press

Illustrations by Julie Ann Stricklin
Photographs by Petronella J. Ytsma
Translation by Román Soto

Published by: Redleaf Press
a division of Resources for Child Caring
450 N. Syndicate, Suite 5
St. Paul, MN 55104-4125

Distributed by: Gryphon House
Mailing address:
P.O. Box 207
Beltsville, MD 20704-0207

Library of Congress Cataloging-in-Publication Data

Rice, Judith Anne, 1953-
Those itsy-bitsy teeny-tiny not-so-nice head lice / written by Judith Anne Rice ; illustrated by Julie Ann Stricklin ; photographs by Petronella J. Ytsma = Esos pequeñines, chiquitines, para nada simpáticos piojos / escrito por Judith Anne Rice ; ilustraciones de Julie Ann Stricklin ; fotos de Petronella J. Ytsma.
p. cm.
Summary: Describes head lice, how to detect them, how to treat them, and how to prevent their spreading.
ISBN 1-884834-54-X
1. Pediculosis—Juvenile literature. [1. Lice. 2. Spanish language materials—Bilingual.] I. Stricklin, Julie, ill. II. Ytsma, Petronella J., ill. III. Title.
RL764.P4R53 1998
616.5'7—dc21

98-12626
CIP
AC

Dedicated to my brothers
with love

Dedicado a mis hermanos
con amor

T

One day my little brother Billy was itching and twitching. He was scratching his head and wondering what was wrong. So I launched an investigation.

Un día mi hermanito Guillermo sentía mucha picazón y hormigueo. Se rascaba la cabeza y quería saber qué le pasaba. Así es que comencé a investigar.

Holding my trusty magnifying glass over his hair, I peered closer and closer and closer.

Then I saw them—those itsy-bitsy, teeny-tiny, not-so-nice head lice!

Puse mi buen lente de aumento sobre su pelo y miré bien de cerca, más de cerca, más de cerca.

Ahí los vi. ¡Esos pequeñines, chiquitines, para nada simpáticos piojos!

N
W
E
S

Eureka! Behind Billy's ear was Mr. Lice!

"I love to travel. People get around in cars and boats and planes. But we lice prefer to move from person to person by hitching rides on hats, scarves, ribbons, brushes, combs, and other things."

¡Eureka! ¡Detrás de la oreja de Guillermo estaba el Señor Piojo!

"Me encanta viajar. La gente se moviliza en carros, barcos y aeroplanos. Pero nosotros, los piojos, preferimos saltar de persona a persona, montados en sombreros, bufandas, cintas, cepillos, peines y otras cosas."

Voilà! On top of Billy's head was Mrs. Lice!

"I am a busy, business-type of insect who loves to infest. I glue eggs to hairs everywhere so my family will grow and grow."

¡Voilà! ¡En la coronilla de la cabeza de Guillermo estaba la Señora Piojo!

"Soy un insecto muy ocupado y hacendoso. Me encanta infestar. Para que mi familia pueda crecer y crecer pego mis huevos por todos partes."

And whom do you think I discovered playing hide-and-seek on the back of Billy's head? The Lice children!

"We might be small, but we're speedy. No amount of scratching can make us go away!"

¿Y a quién creen que descubrí jugando a las escondidas en la nuca de Guillermo? ¡A los niños Piojo!

"Podremos ser pequeñitos, pero somos veloces. ¡No importa cuánto se rasquen, no pueden echarnos!"

Billy was amazed when I told him about those itsy-bitsy, teeny-tiny, not-so-nice head lice.

And he was positively ecstatic to hear that I knew how to get rid of them because I had lice in first grade.

So here's what we did.

¡Guillermo estaba asombrado cuando le conté acerca de estos pequeñines, chiquitines, para nada simpáticos piojos!

Y estaba realmente extasiado cuando le conté que yo sabía cómo deshacerme de ellos, porque yo también tuve piojos cuando estaba en el primer grado.

Así es que esto fue lo que hicimos.

We worked together as a family. First, my mom called the school and the parents of Billy's friends to tell them that he had those itsy-bitsy, teeny-tiny, not-so-nice head lice. Everyone was glad to know so they could check to see if they had lice too.

Trabajamos toda la familia junta. Primero, mi mamá llamó a la escuela y a los padres de los amigos de Guillermo para contarles que él tenía esos pequeñines, chiquitines, para nada simpáticos piojos.
Todos estaban felices y agradecidos de saber porque así podrían revisar y ver si ellos también tenían piojos.

We examined each other's head to see who needed to use the special shampoo. Only Billy had lice.

**Nos examinamos la cabeza unos a otros para ver quién necesitaba usar el champú especial.
Guillermo era el único que tenía piojos.**

While Billy closed and covered his eyes and Dad lathered and scrubbed his hair over the sink...

Mientras Guillermo cerraba y se cubría los ojos y Papá enjabonaba y restregaba su pelo encima del fregadero...

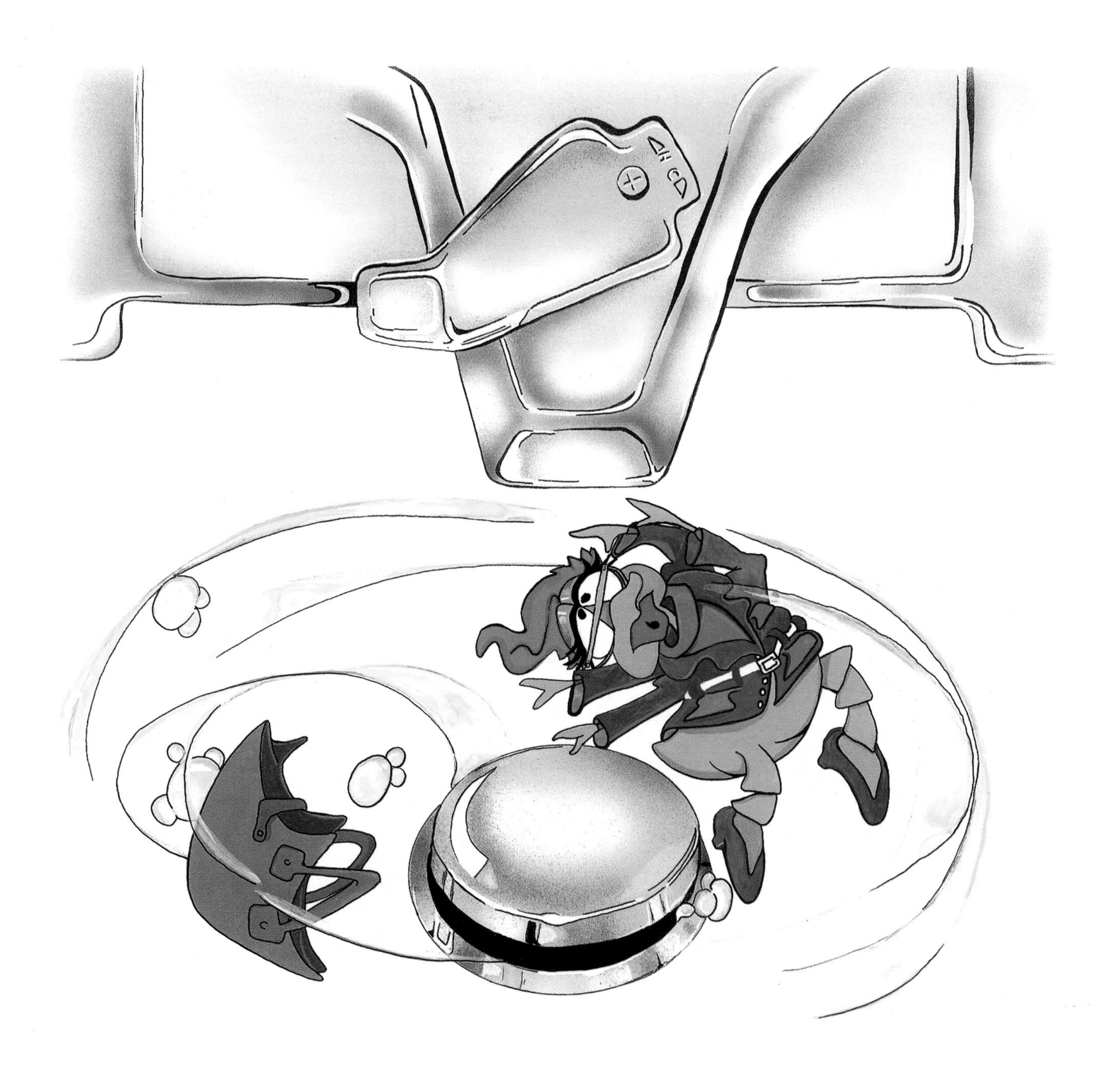

"Sayonara," shrieked Mrs. Lice, after gluing a lot of eggs to Billy's hair. Then she went swishing and swashing down the drain.

"Sayonara," gritó la Señora Piojo después de pegar un montón de huevos en el pelo de Guillermo y se fue resbalando y dando vueltas por el desagüe.

I told Billy that lice can be found on things as well as on people's heads. So we needed to store away all of his stuffed toys for some time.

And while he was putting his toys into a bag...

Yo le conté a Guillermo que los piojos no sólo se encuentran en la cabeza, sino también en las cosas. Así es que necesitábamos guar-dar todos sus juguetes de peluche por un tiempo.

Y mientras ponía sus juguetes en una bolsa...

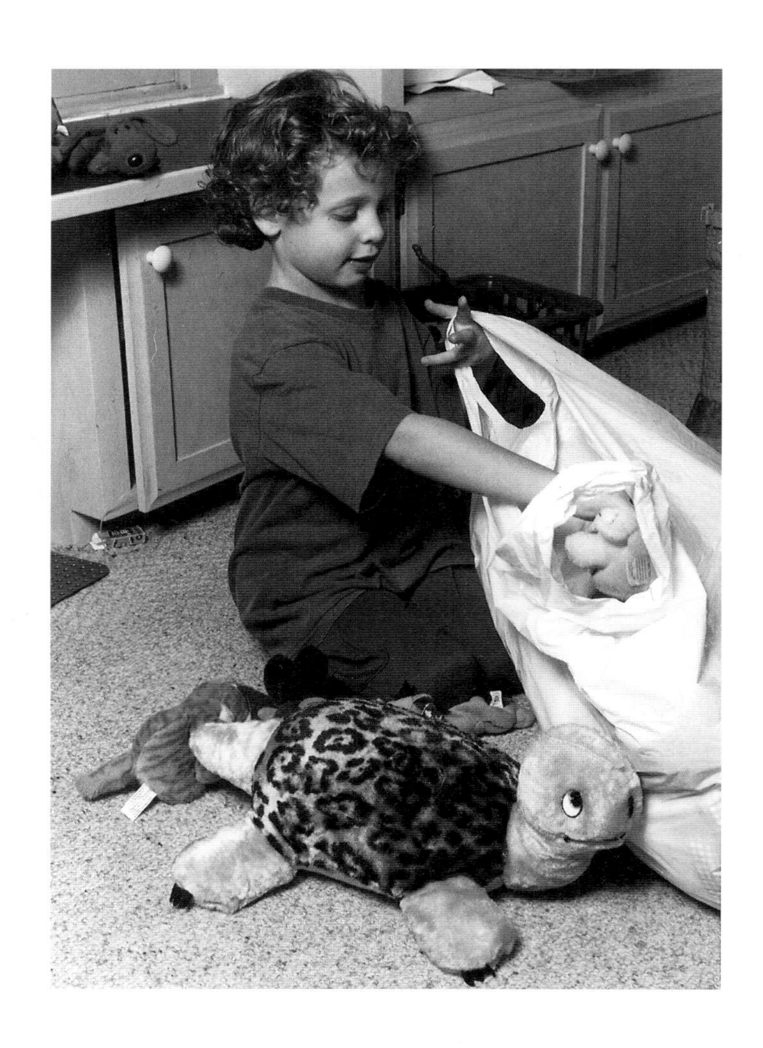

"I can't survive in a bag. It looks like my traveling days are over!" sighed Mr. Lice.

"¡No puede sobrevivir en una bolsa. Parece que mis días de aventuras se terminaron!" suspiró el Señor Piojo.

I couldn't hear them, but while I vacuumed the furniture and car seats...

Yo no podía oírlos, pero mientras pasaba la aspiradora por los muebles y los asientos del carro...

"We're outta here!" screamed the Lice children, as they were zapped and zoomed into the vacuum cleaner.

"¡Nos vamos de aquí!" gritaban los niños Piojo, mientras la aspiradora rápidamente los engullía.

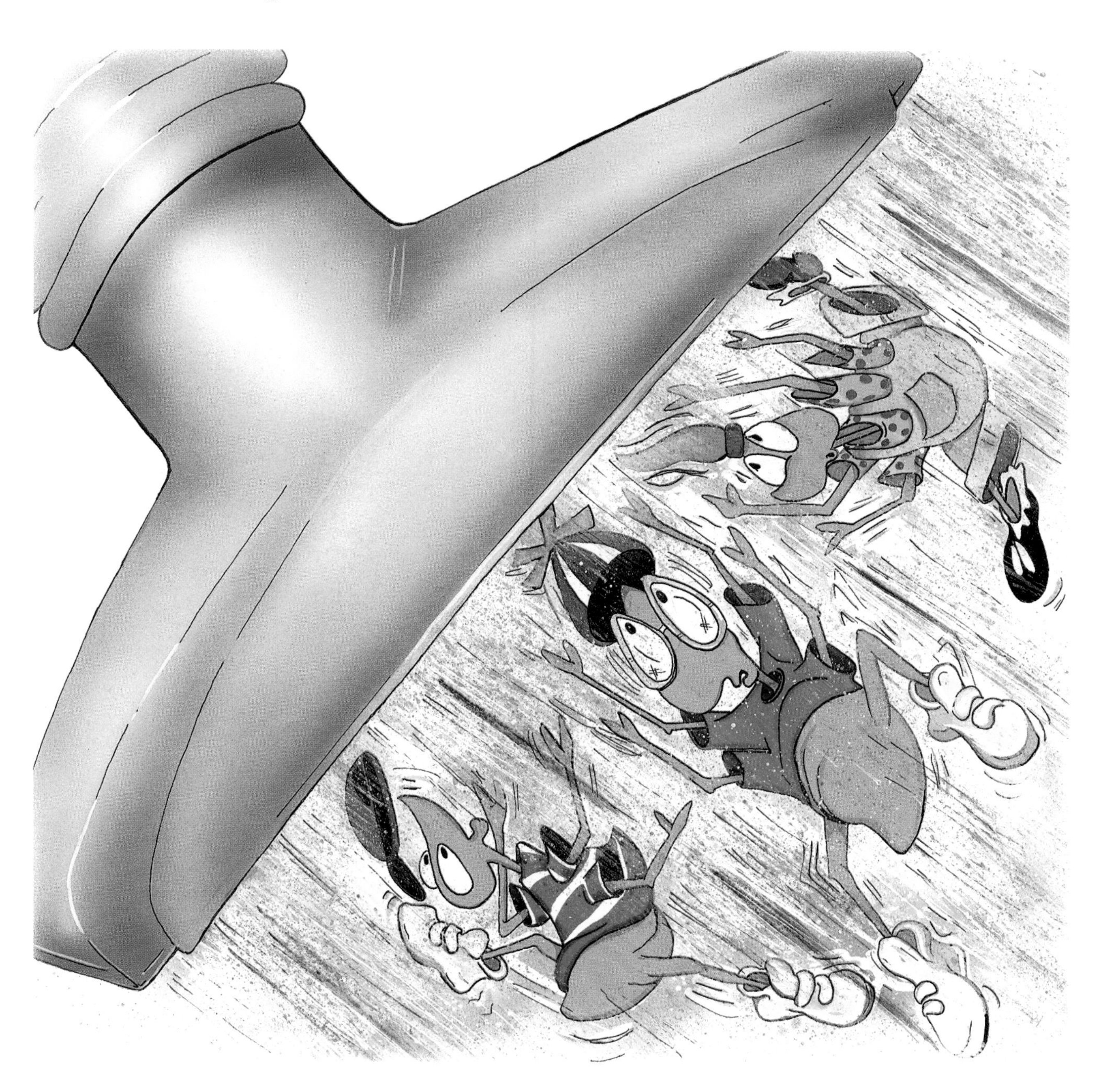

Mom washed all of our hats, recently worn clothing, and bedding in hot water. Then she dried them in a hot dryer and soaked all of our combs and brushes in hot water.

But do you think that was the end of those itsy-bitsy, teeny-tiny, not-so-nice head lice?

La Mamá lavó con agua caliente todos nuestros sombreros, la ropa recién puesta y las sábanas. Después secó todo con la secadora bien caliente y remojó todos nuestros peines y cepillos también con agua caliente.

Pero, ¿crees tú que eso fue el fin de esos pequeñines, chiquitines, para nada simpáticos piojos?

HOW TO USE YOUR AUTOMATIC WASHER
ADD MEASURED DETERGENT
ADD SORTED LOAD
SET CONTROLS
WASH CYCLE
SOIL
WASH TIME
REGULAR
PERMANENT PRESS
KNITS GENTLE
START WASHER
STOP WASHER
WARNING: TO AVOID THE RISK OF FIRE OR

Oh, no...! Remember the eggs Mrs. Lice glued to Billy's hair?

We still needed to remove those eggs with a special fine-toothed comb.

¡Oh, no...! ¿Te acuerdas de los huevos que la Señora Piejo pegó en el pelo de Guillermo?

Todavía teníamos que sacar esos huevos con un peine especial de dientes muy finos.

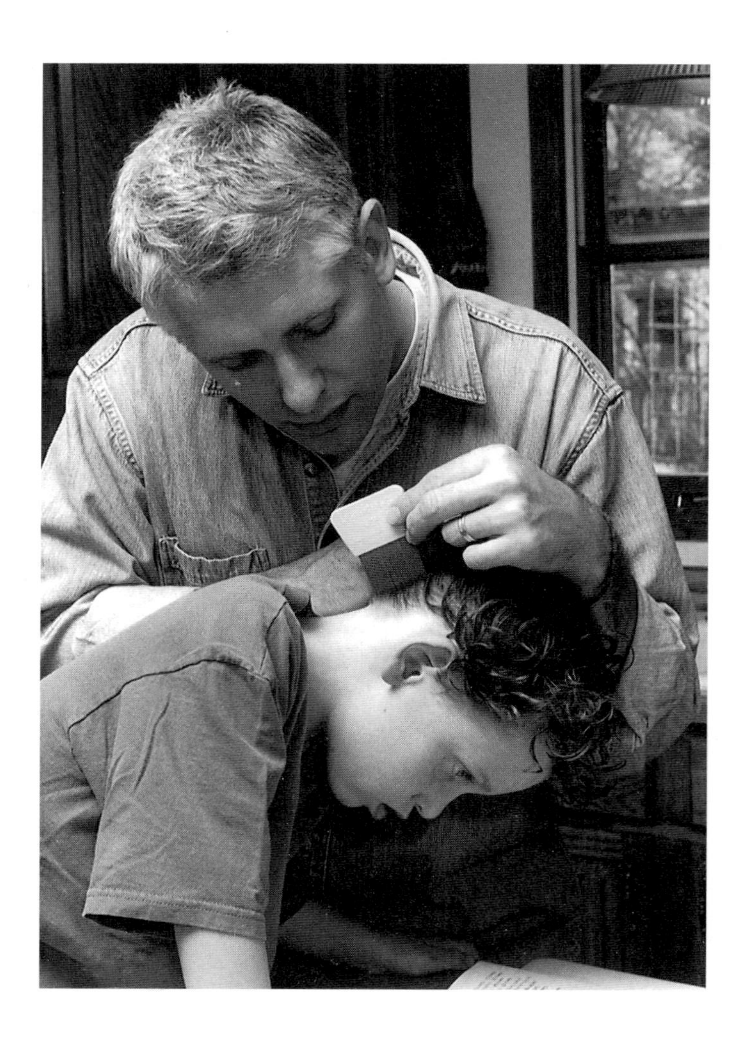

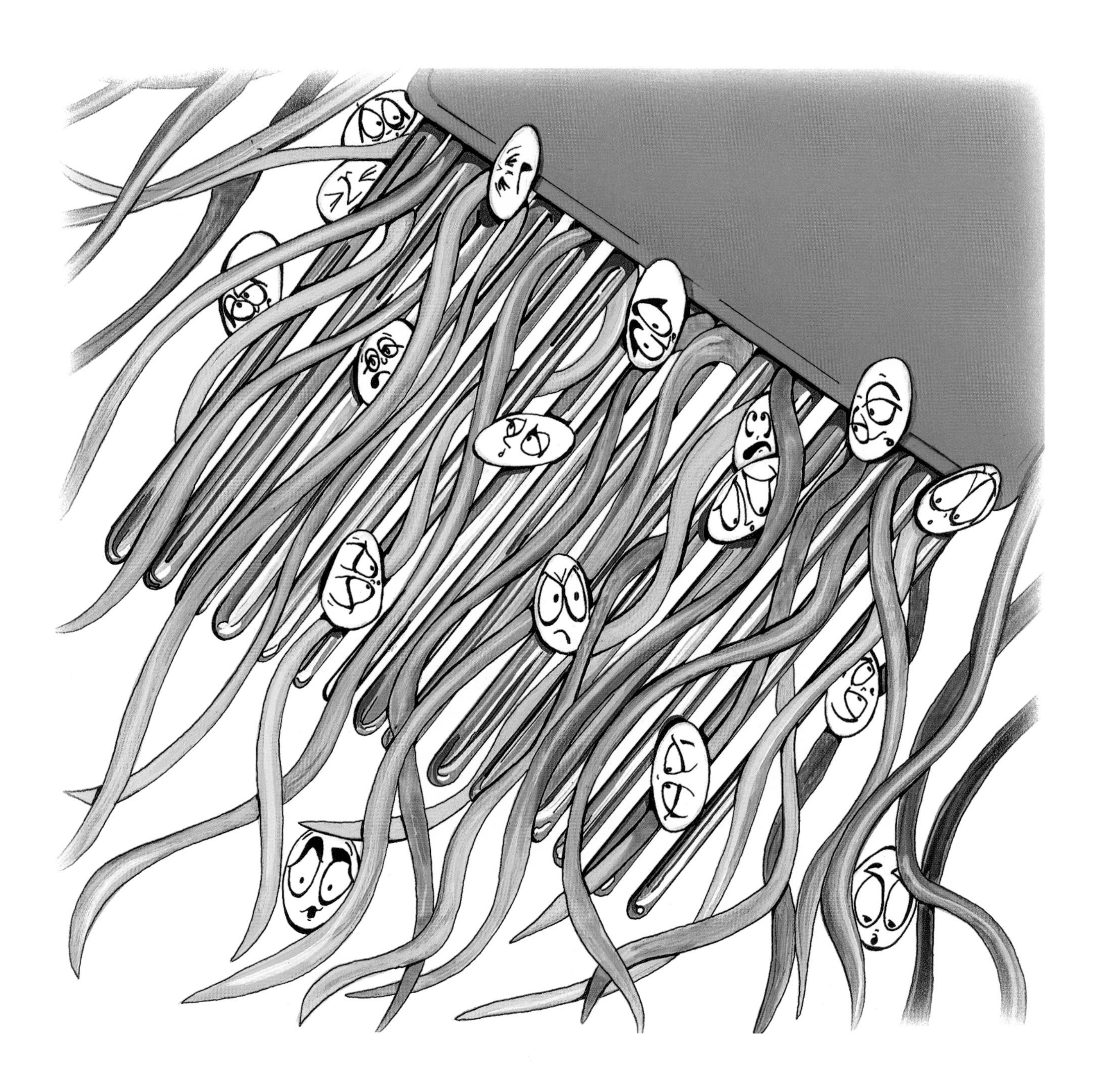

"Adiós, amigos," squeaked the last of the lice eggs, as they were swept away by the special comb.

"Adiós, amigos," chillaron los últimos huevos mientras eran barridos con el peine especial.

Finally, all those itsy-bitsy, teeny-tiny, not-so-nice head lice were gone!

Now we check each other for head lice every week.

And Billy and I know how to help keep those itsy-bitsy, teeny-tiny, not-so-nice head lice from coming back...

¡Por fin, todos esos pequeñines, chiquitines, para nada simpáticos piojos se habían ido!

Ahora todas las semanas nos revisamos los unos a los otros para ver si tenemos piojos.

Y Guillermo y yo sabemos qué hacer para que esos pequeñines, chiquitines, para nada simpáticos piojos no vuelvan...

We don't share things that touch our heads!!

¡No compartimos nada que toque nuestras cabezas!!

Head Lice: For Your Information

Head lice infest millions of children every year. There is no reason to be ashamed of having head lice. It is not an indicator of poor hygiene. Head lice spread by head-to-head contact or by sharing items such as hats, combs, towels, headphones, and pillows. You cannot get lice from pets.

How to check for head lice

While itching is the most common symptom of head lice, many people with head lice do not experience itching. Head lice are wingless insects that are about the size of a sesame seed. You may not be able to see the lice because they are so small and fast moving. They flee from light and hide behind hair. Until lice have a blood meal, they are translucent and tend to take on the color of their background. After they have a blood meal, they turn reddish brown. It is easier to find the nits (that is, the lice eggs) than it is to find the lice. Use a magnifying glass and a nit comb and work under a bright light. Nits are oval, whitish, and attached at an angle to the sides of hair shafts. They do not come off easily. Nits can be distinguished from dandruff, which is irregularly shaped and flakes off the scalp.

How to get rid of head lice

Lice-killing treatments, called pediculicides, are the most commonly used method for getting rid of lice. Begin by washing the hair with a water-based, high pH shampoo, such as baby shampoo or Prell. Many other shampoos have additives that can interfere with treatment. Then cover the child's eyes with a towel and, over a sink, use a pediculicidal rinse or shampoo according to directions. There are alternative treatments for people who should not use pediculicidal shampoos or rinses. Check with your pharmacist or doctor if you are pregnant, nursing, have allergies, or find lice or nits in the eyelashes or eyebrows. Pediculicides should not be used on children under the age of two years.

The nits must be removed to help prevent reinfestation. Removal is best accomplished on damp and untangled hair. Use a nit comb or your fingernails to remove the nits. Also, safety scissors can be used to cut them out. Long hair should be combed in sections. Rinse the nit comb under running water after each stroke. Continue to check for nits and to comb out the hair every two to three days for up to three weeks.

Lice sprays are available to treat furniture, carpets, and other household items; however, they are not recommended. Instead, vacuum mattresses, furniture, pillows, carpets, and your car. Wash all bedding, towels, and recently worn clothing in the hot water cycle of a washing machine and dry at a high temperature. If items cannot be washed, dry clean them or store them in a plastic bag for about two weeks. Clean all brushes, combs, headbands, hats, and headphones.

Cooperation and communication are essential to prevent reinfestation. Alert the child's school or child care provider and the parents of close playmates. Children should hang their hats and coats separate from one another. If individual lockers are not available, children should each use a plastic bag or a grocery bag to store their hats and coats. Dramatic play dress-up clothes should not be available for children's use during a lice outbreak.

For more information on head lice, contact your local health department.

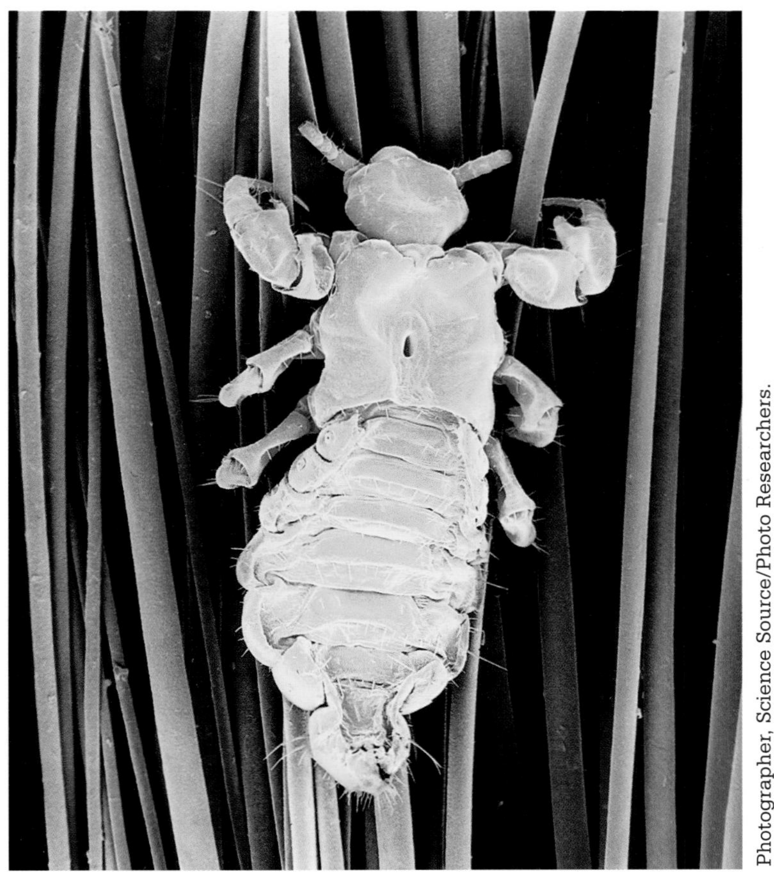

Photographer, Science Source/Photo Researchers.

Los piojos del pelo: para su información.
Todos los años, millones de niños se contagian con piojos del pelo. No hay ninguna razón para avergonzarse por tener piojos; no es una muestra de desaseo. Los piojos se transmiten por contacto directo, cabeza a cabeza, o al compartir artículos como sombreros, peines, toallas, audífonos y almohadas. Las mascotas no son una fuente de contagio.

Como chequear si su niño tiene piojos.
Aunque la picazón es el síntoma más común de un contagio de piojos del pelo, mucha gente contagiada no siente picazón. Los piojos son unos insectos sin alas del tamaño de una semilla de ajonjolí (sésamo). Es posible que no pueda verlos porque son muy pequeños y rápidos. Huyen de la luz y se esconden debajo del pelo. Antes de alimentarse con sangre, los piojos son translúcidos y tienden a tomar el color de su alrededor. Una vez que se han alimentado con sangre adquieren un color café rojizo. Es mucho más fácil encontrar las liendres (es decir, sus huevos) que encontrar los piojos. Para encontrarlas, use un lente de aumento, un peine para liendres y trabaje cerca de una buena fuente de luz brillante. Las liendres son ovaladas y blancuzcas y se encuentran adheridas en ángulo a los lados de la raíz del pelo. No se despegan con facilidad y se distinguen de la caspa porque ésta tiene una forma irregular y se cae del cuero cabelludo.

Como deshacerse de los piojos.

El método más común para deshacerse de los piojos son unos tratamientos mata-piojos llamados pediculicidas. Comience con un lavado de pelo con un champú a base de agua con un pH alto como el tipo de champú para bebés o Prell. Muchas de las otras clases de champú contienen aditivos que pueden interferir con el tratamiento. Después cubra los ojos del niño con una toalla y aplique un enjuague o champú insecticida según las instrucciones, en el lavamanos o fregadero. Hay varios otros tratamientos alternativos para las personas que no puedan usar champús insecticidas o enjuagues. Consulte con su farmacéutico o doctor en el caso en que usted esté embarazada, dando de mamar, tenga alergias o haya encontrado piojos o liendres en las pestañas o cejas. No se deben usar pediculicidas con niños menores de dos años.

Para ayudar a prevenir una reinfección deben removerse las liendres. Se logran mejores resultados cuando el cabello está húmedo y desenmarañado. Use un peine para liendres o sus uñas para remover las liendres. También se pueden usar tijeras de seguridad para cortarlas. El pelo largo debe peinarse por secciones. Enjuague el peine con agua corriente después de cada pasada por el pelo. Continúe buscando liendres y cepillando el pelo cada dos o tres días por unas tres semanas.

En el comercio hay varios atomizadores para el tratamiento de muebles, alfombras y otros útiles del hogar; sin embargo, no son recomendables. En lugar de ello, pase la aspiradora sobre las camas, los muebles, las almohadas y cojines, las alfombras y su carro. Lave toda la ropa de cama, toallas y ropas recientemente usadas, en el ciclo de agua caliente de una lavadora de ropa y séquelas a altas temperaturas. Si algunos de los artículos no pueden ser lavados con agua, hágalos lavar al seco o guárdelos en una bolsa de plástico por unas dos semanas. Limpie todos los cepillos, peines, cintillos, sombreros y audífonos.

La cooperación y la comunicación son esenciales para prevenir una reinfección. Avise a las escuelas, a los proveedores de cuidados infantiles y a los padres de los amigos de sus niños. Cada niño debería colgar su sombrero y abrigo en forma separada. Si no hay armarios individuales disponibles, cada niño debería usar una bolsa de plástico o de provisiones para guardar sus sombreros y abrigos. Durante un brote de piojos se debe evitar el uso de ropas de vestuario teatral.

Para más información acerca de los piojos del pelo, contáctese con su departamento de salud local.